Niveau 1

Texte de Claudie Stanké
Illustrations de Céline Malépart

# Même pas peur

la courte échelle

Les éditions de la courte échelle inc.
5243, boul. Saint-Laurent
Montréal (Québec) H2T 1S4
www.courteechelle.com

Consultantes en pédagogie : Marélyne Poulin et Marie-Pascale Lévesque

Révision : Leïla Turki

Conception graphique : Kuizin Studio

Dépôt légal, 1er trimestre 2011
Bibliothèque nationale du Québec

La courte échelle reconnaît l'aide financière du gouvernement du Canada par l'entremise du Fonds du livre du Canada pour ses activités d'édition. La courte échelle est aussi inscrite au programme de subvention globale du Conseil des Arts du Canada et reçoit l'appui du gouvernement du Québec par l'intermédiaire de la SODEC.

La courte échelle bénéficie également du Programme de crédit d'impôt pour l'édition de livres — Gestion SODEC — du gouvernement du Québec.

**Catalogage avant publication de Bibliothèque et Archives nationales du Québec et Bibliothèque et Archives Canada**

Stanké, Claudie

    Même pas peur

    (Collection Première lecture ; 28)
    Troisième roman de la série Une aventure de Mina.
    Pour enfants de 6 ans et plus.

    ISBN  978-2-89651-394-9

    I. Malépart, Céline.  II. Titre.  III. Stanké, Claudie. Aventure de Mina.  IV. Collection : Collection Première lecture ; 28.

PS8587.T322M45 2011    jC843'.54    C2010-942098-5
PS9587.T322M45 2011

Imprimé en Chine

*À France Machet,*
*pour son amour des livres*
*et beaucoup plus.*

# À la découverte des personnages

# Mina

Mina est une petite fille malicieuse. Elle est gourmande, coquette, mais surtout distraite. Elle aime aussi jouer des tours... Sa plus grande qualité, c'est d'avoir un grand cœur. Mina est la meilleure amie de Touti.

# Touti

Touti est un petit hamster bien sympathique. Il est coquin, taquin, mais surtout curieux. Il aime bien dormir aussi... Sa plus grande qualité, c'est d'être serviable. Touti est le meilleur ami de Mina.

# À la découverte de l'histoire

# Chapitre 1
## Plein de livres

Mina et Touti arrivent de la bibliothèque. Ils ont les bras chargés de livres. Ils lisent avant de se coucher.

Mina dit à Touti :

— Ce soir, c'est à mon tour de te lire une histoire.

Touti saute de joie. Il saute très haut pour un petit hamster.

Touti adore quand Mina lui
raconte des histoires. Ça l'aide à
s'endormir et à faire de beaux
rêves. Il trouve que son amie
Mina a une très belle voix.

Sans plus attendre, Touti court
à sa chambre mettre son
pyjama.

Mina se dépêche, elle aussi,
d'enfiler sa robe de nuit.

# Chapitre 2
## Raconte-moi une histoire

Mina dépose les livres sur son lit. Elle réfléchit en se grattant la tête :

— Par quelle histoire allons-nous commencer ?

Mina montre alors les livres du
doigt et dit :

— 1... 2... 3... c'est ce livre-là que
je vais lire avec toi !

Touti attrape le livre. Il lit le titre
à voix haute :
— *Le loup... aux grandes... dents.*

Mina lui demande d'un air
inquiet :
— C'est toi qui as choisi ce livre ?
— Oui.
— Cette histoire-là n'est pas
pour toi, Touti ! Tu es trop petit.

Mina ajoute :

— Tu vas avoir peur.

— Non ! Je suis grand,
maintenant, répond Touti en
gonflant le torse.

— Bon, d'accord...

# Chapitre 3
## Peur de quoi ?

Installés sur leur lit, Mina et
Touti lisent l'histoire du loup aux
grandes dents. Une fois
l'histoire terminée, Touti
regarde Mina et lui dit :
— Je n'ai même pas peur !

Puis, Touti choisit un deuxième
livre et le donne à Mina. Elle lit
le titre à voix haute :
— *La sorcière au nez pointu.*

Cette histoire-là n'est pas
pour toi, Touti ! Tu es trop petit.

Touti insiste :

— S'il te plaît...

Mina ne peut rien refuser à son ami. Elle ouvre le livre et lit. Une fois l'histoire terminée, Touti s'écrie :

— Je n'ai même pas peur !

Puis, il tend un troisième livre
à Mina. Elle lit le titre à voix
haute :

— *Le monstre qui avait toujours
faim.* Cette histoire n'est pas
pour toi, Touti !

Touti ne veut rien entendre.
— S'il te plaît, Mina...
Mina finit par accepter.
Mina commence à lire.

— « Il était une fois un monstre
qui aimait beaucoup manger... »
Une fois l'histoire terminée,
Touti répète, fier de lui :
— Je n'ai même pas peur, même
pas peur !

— Tu es bien courageux, lui répond Mina en refermant le livre.

Touti regarde son amie avec un grand sourire. Comme il est temps de dormir, il se lève pour éteindre la lumière.

Tout à coup, Touti pousse un cri :
— Ah !

Touti vient de se voir dans le miroir. Il s'est fait peur à lui-même !

Mina s'écrie aussitôt :

— Tu n'as pas peur des loups, des sorcières et des monstres, mais tu as peur de toi, Touti !

Mina et Touti éclatent de rire.
Puis, ils se font un gros câlin
plein de tendresse.

# Glossaire

**Chargé :** Plein, rempli.

**Enfiler :** Mettre un vêtement.

**En gonflant le torse :** Fièrement.

# À la découverte des jeux

# Le loup, la sorcière et le monstre

Mina raconte des histoires à Touti. Continue l'histoire qui commence à la page 29 : « Il était une fois un monstre qui aimait beaucoup manger... »

# Bon dodo !

Que fais-tu avant d'aller dormir ? As-tu une histoire préférée ?
Dessine le moment que tu préfères dans ta routine.

Découvre d'autres activités au www.courteechelle.com

# Table des matières

**Chapitre 1**
Plein de livres . . . . . . . . . . . . . . . . . 11

**Chapitre 2**
Raconte-moi une histoire . . . . . . . . 17

**Chapitre 3**
Peur de quoi ? . . . . . . . . . . . . . . 23